304.

Le Blanc

Nom de l'Auteur . Jean Bernard [...]
Bachelier en Droit .
Augé est l'Imprimeur de ce [...]

γe

POEME

Par Mr. L *** C.

SUR L'HISTOIRE

DES GENS DE LETTRES

DE BOURGOGNE,

PAR MONSIEUR PAPILLON,

ET SUR L'ETAT FLORISSANT

DE CETTE PROVINCE.

» *Et dixi Dominator Domine, ex omni silvâ*
» *terrâ & omnibus arboribus ejus elegisti vineam*
» *unicam.* Esdræ lib. 4. c. 5. v. 23. Liber hic
licèt non canonicus, non nullæ tamen est autho-
ritatis.

M. DCC XXVI.

Ⓒ.

A MONSIEUR PAPILLON,
Chanoine de la Collégiale de la Chapelle au Riche de Dijon.

Invitation à mettre au jour son Histoire des Gens de Lettres de Bourgogne , tant originaires de cette Province, qu'étrangers qui y ont paru.

POËME.

PAPILLON , à nos vœux il est tems de te rendre ;

Met donc enfin au jour l'Histoire des Savans,

Dont tes soins à jamais honoreront la cendre ;

Et raviront le nom à l'injure des tems.

Leurs ombres , en tous lieux sensibles à la gloire,

Sur le vaste chemin qu'ils ont sû se tracer,

Sont prêtes à te suivre au Temple de Mémoire ,

Où bien-tôt en leur rang tu les iras placer.

Déja je les y vois , ces mortels , en ton Livre,

Repassant de l'oubli le fleuve tenebreux,

Aujourd'hui parmi nous avec pompe revivre,

Et joüir pour toûjours du fort le plûs heureux.

Là d'Auteurs inconnus s'offre une multitude,

Dont l'éclat tout à coup étonnant nos efprits,

De leurs contemporains fait voir l'ingratitude,

Qui fous un marbre obfcur a fellé leurs écrits.

De nos Hiftoriens & facrez & prophanes,

Ils viennent à l'envi fuivre les étendards ;

On reconnoît d'abord parmi leurs doctes manes

Les chefs de l'éloquence & les tuteurs des Arts.

Bien-tôt les Défenfeurs des faintes Ecritures,

Dont jadis tout honneur bleffoit l'humilité,

Semblent pour t'obéïr quiter leurs fepultures,

Et venir fans regret s'offrir à la clarté :

Jean de Blanafco un des plus anciens Jurifconf. de Bourgogne. BLANASCO fur leurs pas, de nos Jurifconfultes,

En triomphe conduit une troupe au Bareau,

Où des Loix découvrant les fens les plus ocultes ;

Sur elles ils fauront répandre un jour nouveau.

Quel charme eft-ce pour nous ! de voir tant de grands hommes,

Des Lettres & des Arts nous ouvrir le chemin ;

Philofophes , Rhéteurs , Medecins , Aftronomes ,

Tous pour nous y conduire y prefente la main.

Celui-ci , de fon Dieu Miniftre refpectable ,

Pour leur culte eut toûjours un zele curieux ,

D'une Biblioteque , encor , ineftimable ,

A fes propres dépens il embellit ces lieux :

En vain nous avions cru MARS aux Mufes nuifible :

Celui-là les fuivant autrefois tour à tour ,

En fience fameux , en valeur invincible ,

Fit briller fon épée & fa plume à la Cour.

Enfuite d'Etrangers une Troupe s'avance ,

Tels qu'on les vit venir en ces heureux climas ;

De leur propre Païs méprifant l'ignorance ,

Du fruit de leurs travaux enrichir nos Etats.

Sur fon dos après eux Pegafe nous ramene

Ceux qui fûrent chanter nos Combats & nos Rois ;

Pour te fuivre chacun déferte l'hipocrene ,

Et quite l'helicon pour la premiere fois :

De la langue tu fais leur rétablir l'ufage ;

D'un feu prefque divin chacun d'eux enflammé ,

Mr. l'Abé Pevret a donné au public une Biblioteque, dont les Jefuites font dépofitaires.

Le fameux Roger Rabutin, Comte de Buffy.

Vient encore avec art fans ceffe en ton ouvrage,
Infpirer les tranfports dont il eft animé ;
L'OUCHE voit étonné, de fon liquide Empire
Les Nymphes s'échaper aux charmes de leurs voix :
Et des fons raviffans, que par tout elle infpire ,
Les Faunes enchantez abandonner leurs Bois.

Cependant fans tes foins tant de rares genies,
Du fort euffent toûjours enduré les mépris ;
Leurs lumieres fans toi feroient encore ternies,
Leurs Lyres fans acords, & leurs lauriers fans prix.

Mais d'où vient que ta plume aujourd'hui les fépare
De ceux dont fur les bords ils chanterent les faits ?
Peu foigneux de leurs noms, de nôtre gloire avare
Craindrois-tu de tracer leurs illuftres portraits ?
Croi-moi, cher PAPILLON, à ta premiere Hiftoire
Fais auffi fucceder celles de nos Heros ;
Et de nos Magiftrats reffufcitant la gloire,
Unis-les tous enfemble en tes doctes travaux.

C'eft là que leurs neveux pleins d'une noble audace,
Se voïant avec joïe iffus de tels ayeux,

S'animeront l'un l'autre à marcher sur la trace

Que leurs rares vertus montreront à leurs yeux :

Nous y verrons dans peu nos Juges équitables

Venir avec respect étudier leurs Lois,

Et vous aussi de Mars sectateurs redoutables,

Aprendre à soutenir nos Princes & nos Rois.

   Rome y verra qu'à tort fiére de sa Noblesse,

Elle éleve si haut ses Heros, son Senat ;

Que n'en conservant plus qu'une obscure vieillesse,

Sa gloire avec ses ans a perdu son éclat ;

Que de tant de Païs nôtre seule Province

Lasse de lui fournir mille & mille rivaux.

Enfin a de nos jours sous son auguste Prince

Par son lustre aboli l'éclat de ses faisseaux :

Son Empire en effet dans son sein vit-il naître,

Des Guerriers plus fameux que nos grands Conquerans ?

Son auguste Senat vit-il jamais paroître

Des Magistrats égaux à ceux de nôtre tems ?

Que de regrets d'y voir ses erreurs dissipées !

D'y voir que nos BOURBONS par leurs fameux exploits

Bibracté où Autun eut autrefois le titre de Sœur de Rome, & les Autunois celui de Citoïens Romains & les droits qui y étoient atachez.

De tous ſes demi-Dieux, ſes CESARS, ſes POMPE'ES

Effacent la valeur & le nom à la fois.

De nos antiques Rois, & de nos Ducs illuſtres,

Cherchans avec ardeur à marcher ſur les pas,

Jalouſe elle viendroit pendant de nombreux luſtres

Les voir du ſiécle d'or rapeller les apas.

LOUIS
XIV. dit
le Grand   Sous le Régne fécond du plus grand Roi de France

Contrainte d'avoüer quel fut nôtre bonheur?

Elle feroit des vœux pour l'heureuſe abondance,

Qui nous comblant de biens, ſoutient nôtre grandeur.

LOUIS,
Duc de
Bourbon
Prince de
Condé,
Gouv. de
Bourg.
& Prem.
Miniſtre
d'Etat.   Digne Sang des BOURBONS, Prince égal à ton Pere

CONDE', c'eſt de toi ſeul que nous la recevons;

Ocupé nuit & jour d'un péſant Miniſtere,

Tu prends encor le ſoin des lieux où nous vivons.

DIJON, de ces climats charmante Capitale,

De tes bontez en vain veut meriter le prix;

Que peut-elle opoſer à ta main liberale?

Que des cœurs qui pour toi ſont d'un ſaint zéle épris,

Tandis que par tes ſoins de vaſtes édifices,

Ruë de
Condé.   D'une nouvelle Ruë embeliſſant ces lieux,

Chaque jour à l'envi, sous tes sacrez auspices,

D'un faste tout récent éblouïssent les yeux.

Des Loix & des Canons, une superbe école

Avec éclat chez elle ouvre enfin ses leçons;

Sous ton nom, en tous lieux déja sa gloire vole;

Et lui fait atirer de nombreux nourrissons.

  Curieux Etrangers, qui parcourez la Terre,

Venez à l'avenir porter ici vos pas;

Venez y voir un Roi tel qu'au sein de la Guerre

Il fut le foudre en main affronter le trépas;

Que ce noble maintien, que ce bras redoutable,

Vous fassent souvenir de ses fameux exploits;

Reconnoissez un Prince à ce regard affable

Aimé de tout son Peuple, & craint de tous les Rois.

Figurez-vous l'y voir, comme au bord de la Seine,

Vaincre & punir l'orgueil de cent Rois alliez;

Et pour fruit des complots de leur jalouse haine,

L'Europe presqu'entiere enchainée à ses pieds:

Ce laurier, qu'il reçût des mains de la victoire,

Et qu'il sût conserver avec un si grand soin;

Univer-
sité fon-
dée à Di-
jon en
1723.
Il en est
le Protec-
teur.

Statuë
Equestre
de LOUIS
le Grand
érigée
dans la
Place
Royale
en 1725.

Statuë
pedestre
de la Pla-
ce de Vic-
toires à
Paris.

Si de fon front augufte il augmente ma gloire,

De fa Valeur encore, il eft un fûr témoin ;

Nec pluribus impar. Ce Soleil, que toûjours il porta pour devife,

Vous aprend que jamais il ne trouva d'égaux ;

Qu'il pouvoit, d'ALEXANDRE imitant l'entreprife,

De tous les Rois du monde, en faire fes vaffaux.

Croix de l'Ordre du S. Efprit, inftitué par Henry III. Roi de France. D'un Ordre reveré, cette éclatante marque,

Qui des Heros de France eft le ferme foutien,

Vous aprend que s'il fut le plus puiffant Monarque,

Il ne vécut pas moins en Prince TRE'S-CHRESTIEN.

Là les yeux enchantez d'un fi rare fpectacle,

Admirez à loifir *Ce* pompeux monument ;

Lehongre Par. Le Logis du Roi. D'un habile Ouvrier vantez-y le miracle :

D'un autre Louvre ici contemplez l'ornement.

La Tour qui eft au milieu. Vous avez vû de loin comme une Tour antique

Semble braver le Ciel de fon faîte orgueilleux ;

Venez la voir au fein d'un Palais magnifique,

Etaler ce que l'art a de plus merveilleux.

De la 2. Race. Du féjour de nos Ducs noble & précieux refte,

Dont la vielle ftructure en fa folidité

Dans ce vaste circuit à vos yeux manifeste,

Quels en furent jadis l'éclat & la beauté.

Mais que vois-je ! l'Eglise au sein d'un de nos Temples

Vient établir un Siége & choisir un Pasteur ;

LOUIS de son ayeul suivant les saints exemples,

D'un nouvel Evêché devient le Fondateur :

Que de vœux à former ! que de graces à rendre

Pour un si grand bonheur & tant d'autres bienfaits !

PAPILLON, nos neveux de toi doivent l'aprendre,

Et connoître la main d'où sont partis ces traits :

Tu peux bien, leur traçant une image fidelle

D'un Prince également grand, bon, sage & pieux ;

Décrire avec succès, raconter avec zéle

Ce que nôtre Bourgogne eut de plus glorieux ;

Sous lui fais-nous la voir sur ROME & sur CARTHAGE,

En un siécle plus beau que tous ceux des CESARS,

Aux yeux de l'Univers remporter l'avantage

Par ses Armes, ses Loix, sa Sience & ses Arts.

De l'illustre Prélat que sa vertu lui donne,

Transmet, en nous peignant les graces, les splendeurs,

(marginalia:)
La Coll. de S. Eti trigée en Cathedr.
LOUIS le Grand a fondé l'Evêché de Blois.

M. BOU- HIER, D. de la Ste Chapelle

Son efprit, fa fageffe & toute fa Perfonne,

Un fi parfait modéle à tous fes fucceffeurs.

  Seul, de tant d'éloquence affaifonnant fa plume,

Tu peux avec honneur remplir de tels Emplois ;

Quel autre mieux que toi, pouroit dans un volume

Refferrer avec art tant d'éclatans exploits.

La France qui connoît ta fience fublime,

Viendra d'un tel Chef-d'œuvre auffi-tôt fe faifir ;

La Bourgogne te marque une affez haute eftime,

Pour t'obliger à fuivre un fi jufte défir :

Bien plus, j'ofe efperer de ton noble courage

Que dans peu tu feras ce genereux effort ;

Mais avant qu'entreprendre un fi parfait ouvrage,

De ton premier déja vois quel eft l'heureux fort !

Jamais de nos Savans l'illuftre République

Ne fit voir pour un Livre un tel empreffement ;

Pour eux fon Titre feul eft fon panégyrique,

Dont Ton nom leur fournit un fi bon fondement.

Sur ce fruit de tes foins nos Droits font fi vifibles,

Qu'à peine pourois-tu le dire encor le tien ?

Tes retards nous feroient des outrages fenfibles ;

Ceffe donc de garder plus long-tems nôtre bien.

En vain ton Cabinet lui prefente un azile ;

Quelque docte qu'il foit, il ne lui convient plus :

Il doit s'aller montrer à la Cour, à la Ville ;

Et de ta maifon feule il doit fe voir exclus.

Par là, de l'avenir diffipant les tenebres,

Tu brilleras toûjours de la même fplendeur,

Dont les Savans divers qu'aujourd'hui tu celebres,

Verront en tout Pays honorer leur grandeur.

Il a été promis par les Nouvell. Litteraires de 1724.

www.ingramcontent.com/pod-product-compliance
Lightning Source LLC
Chambersburg PA
CBHW072218210626
46818CB00014BA/2770